CW00493631

QUESTO LIBRO RACCONTA DI UNA CLASSE DAVVERO SPECIALE.
DISEGNA IL TUO COMPAGNO DI CLASSE CHE PIÙ ASSOMIGLIA
AL PROTAGONISTA DI QUESTA STORIA.

Per l'edizione italiana © 2018 Edizioni Lapis
Per i diritti internazionali © Book on a Tree
A story by Book on a Tree - www.bookonatree.com
Tutti i diritti riservati
Edizioni Lapis
Via Francesco Ferrara, 50 - 00191 Roma
www.edizionilapis.it
ISBN: 978-88-7874-595-7
Finito di stampare nel mese di gennaio 2018
presso Tipografia Arti Grafiche La Moderna - Roma

Davide Calì

GIANNI GINOCCHIO
E IL SEGRETO INCONFESSABILE

illustrazioni di Laura Re

Lapis
e d i z i o n i

Il primo giorno di primavera

Era il primo giorno di primavera e un'aria dolce soffiava su Picco Pernacchia ad annunciare che l'inverno era finito. Ciò non di meno, il preside Mariotti aspettava i bambini davanti al portone della scuola con il suo solito sguardo truce. Il bidello Ranuzzi era invece appostato dietro al portone per scrutare con il suo occhio radar le scarpe dei bambini che entravano, alla ricerca di chiunque avesse camminato nel fango per poi rincorrerlo con l'immancabile spazzolone.

Furio Furetti saliva i gradini perso nei suoi pensieri, intento a risolvere qualche grande enigma mondiale, come per esempio la sparizione del gusto puffo dalla gelateria; Ronnie Rondella avanzava verso le scale con movimenti da robot, fischiando i suoi soliti BZZZT e FRRRZZ, alternati da un curioso GNIC-GNAC che faceva pensare avesse bisogno di un po' d'olio lubrificante.

Bianca Battaglia aveva accettato una sfida con Akiko Assò a chi conosceva più nomi di celenterati. Akiko era in vantaggio, ma Bianca non demordeva ed esclamava parole a caso come "Celacanto!", "Zibetto!", "Babirussa!", sperando di azzeccare la risposta giusta per rimontare.

Da qualche parte doveva esserci anche

Mino Minimo, ma chissà dove: era invisibile come sempre. Vera Voglio discuteva con Patty Padella di quello che desiderava per il compleanno, ossia il pony nano che sapeva fare le moltiplicazioni che aveva visto in TV qualche giorno prima.

Lorenzo Lodato, con tutte le sue medaglie scout, aveva raccolto dalla strada una rana mezza schiacciata e la stava portando a scuola, sicuro che avrebbe ricevuto un encomio per averla salvata. Ma non appena Gianni Ginocchio la vide, gliela strappò di mano e cominciò a farla roteare sopra la testa.

– Smettila! Così le fai male!

– Ma sei scemo? Questa rana è stramorta!

– Non è vero, si può ancora salvare!

Ma prima che potesse aggiungere altro, Gianni la lanciò tipo frisbee. La rana sorvolò il cortile della scuola, disegnò una curva nell'aria e si spataccò contro il parabrezza di una macchina parcheggiata lì fuori.

Davanti a questa scena, Nino Niagara esplose in lacrime. Cecilia Candeggina, invece, che al solo pensiero di toccare una rana morta aveva immaginato di essere assalita da invisibili batteri, si affrettò a strofinarsi le mani con il gel igienizzante che teneva sempre in tasca.

Tamara Tombé fece una piroetta, senza alcun motivo particolare.

E nessun altro sembrò notare l'accaduto.

Insomma, a parte quel pallido accenno di primavera, la giornata scorreva come d'abitudine.

Suonò la campanella. La Seconda B entrò in classe. Tutti si sedettero. Aspettarono.

E poi si accorsero che mancava qualcosa.

Ma cosa? La cartina geografica c'era, la lavagna c'era…

Ma certo! Mancava il maestro Pennini!

Il che era piuttosto insolito, dato che il maestro non era mai in ritardo.

Akiko, che aveva sempre una teoria per tutto, disse che forse bastava andare ad aprire il ripostiglio delle scope del bidello Ranuzzi, dove il maestro dormiva in piedi come i vampiri dei film. Il che tra l'altro avrebbe spiegato perché nessuno lo vedesse mai arrivare né uscire da scuola… Ma nessuno andò a controllare nel ripostiglio.

Passarono cinque minuti, poi dieci, poi un quarto d'ora.

Del maestro Pennini nessuna traccia.

Furio Furetti cominciò a preoccuparsi. Che fosse stato rapito dagli UFO?

– Macché UFO e UFO – fece Akiko. – Gli UFO mica rapiscono i maestri delle elementari!

– E perché no?

– Perché poi gli farebbero fare i compiti!

– I maestri sono un'importante fonte di informazioni utili per chi vuole organizzare un'invasione extraterrestre! – intervenne Lorenzo Lodato.

– Sì, ma come fanno a capirsi? – saltò su Vera Voglio. – Mica parlano la lingua extraterrestre!

– Avranno di sicuro un traduttore

elettronico! – replicò Ronnie Rondella.

– Traduci un po' questo! – fece Gianni Ginocchio, rifilandogli un pizzico sul braccio.

Come spesso (anzi, diciamo pure quasi sempre) accadeva con la Seconda B, la conversazione sugli UFO degenerò in una baruffa.

Secondo Bianca gli extraterrestri erano intelligentissimi, mentre secondo Akiko erano stupidi. Per Ronnie erano dei robot, mentre Lorenzo si chiedeva: "Ci saranno gli scout anche nello spazio?"

Secondo Patty Padella, se fossero stati intelligenti ci avrebbero già invaso da un pezzo.

– Magari non hanno trovato la Terra sulla mappa – commentò Lorenzo.

– Figurati se usano una stupida mappa. Avranno il navigatore satellitare! – disse Vera. E giù urla e schiamazzi.

In tutto quel trambusto, Patty si girò verso Nino Niagara. – Secondo te hanno le mappe o il navigatore? – chiese.

E Nino, non sapendo per quale teoria schierarsi, scoppiò a piangere.

Improvvisamente si aprì la porta della classe e comparve un ragazzo che non assomigliava per niente al maestro Pennini. E nemmeno a un extraterrestre.

Era giovane, con i capelli lunghi raccolti

da una coda. Portava un paio di pantaloni larghi, scarpe da tennis e una maglietta da concerto.

Il ragazzo che non era il maestro Pennini camminò fino alla cattedra sotto gli sguardi della Seconda B, e in classe scese un silenzio di tomba. Si sedette.

Aprì il registro.

Lo richiuse.

E infine pronunciò la frase fatidica:

– Il vostro maestro è malato. Io sono il supplente.

Dopo un nanosecondo la Seconda B esplose in un boato di gioia, come se avessero appena annunciato che la scuola finiva quel giorno.

Chiamatemi Lenny

La Seconda B aveva avuto solo quattro supplenti, abbastanza per imparare la *Regola generale del supplente*, e cioè che "col supplente non si fa nulla". La regola generale aveva poi due sotto-regole, che nessuno aveva mai messo per iscritto, ma che tutti conoscevano a memoria:

- Il supplente non può interrogarti, perché non sa cosa c'era da studiare;

- Il supplente non può darti compiti, e se te ne dà puoi anche non farli, tanto non rimarrà abbastanza a lungo per controllare se li hai fatti.

E in ogni caso chiunque dica al supplente cosa c'era da studiare non verrà mai più invitato alle feste di compleanno e sarà escluso da tutti i giochi. A vita.

La prima supplente, quando il maestro Pennini si era slogato la caviglia scivolando su un pattino, era stata una ragazza che tutti avevano subito ribattezzato Biancaneve, perché aveva la pelle bianca, le guance rosse e i modi gentili della protagonista del cartone animato. Ma il suo soggiorno con la Seconda B era stato tutt'altro che una favola, forse perché si avvicinava Natale, e

16

alla supplente venne la malaugurata idea di allestire, in una settimana, una specie di spettacolo teatrale a tema natalizio.

Tra Ronnie Rondella che emetteva inquietanti cigolii, Tamara Tombé che pretendeva di piroettare sulle canzoni di Natale e Lorenzo Lodato che invece voleva interpretare Babbo Natale in versione scout, ce n'era stato abbastanza per mandare al manicomio un monaco zen.

Il secondo supplente aveva sostituito la maestra Torchio quando si era presa la bronchite: tentò di insegnare alla classe una poesia per la Festa del Papà. Ma, visti i risultati, si diede a sua volta malato e così mandarono il supplente del supplente. Era un tizio strano che emanava un odore stantio, come di conservante per animali impagliati. Il supplente del supplente portò un libro di scienze che mostrava come sono fatti gli animali dal di dentro. Nino Niagara cominciò a piangere non appena vide come era fatto un piccione, e non smise fino all'intervallo.

Quando la maestra Torchio ebbe la ricaduta, mandarono un supplente appassionato di sport. Per due giorni interi tentò di insegnare alla classe le regole del basket, ma presto capì che era impossibile insegnare alla Seconda B le regole di un qualsiasi sport.

Ronnie palleggiava senza mai passare la palla, Vera cercava di fare canestro facendo passare la palla da sotto, mentre Furio, in un eccesso acrobatico, palleggiò contro il muro e si riprese il pallone dritto sul naso.

Akiko invece voleva a tutti costi giocare come portiere (anche se nel basket non ci sono portieri) e Gianni riuscì a sparare la palla contro la finestra con un calcio.

Al terzo giorno, anche il supplente sportivo si diede malato, e così tornò il supplente che odorava di strano, che fece vedere loro come erano fatte le scimmie dal di dentro. Nino Niagara ricominciò a piangere, e tutto andò come la volta prima.

Insomma: ai ragazzi della Seconda B i supplenti piacevano un sacco. E non era vero il contrario.

Ci vollero alcuni minuti prima che in classe tornasse la calma. Poi, il ragazzo che non era il maestro Pennini disse: – Visto che ancora non ci conosciamo, per questa mattina vi ho preparato una sorpresa.

– Una sorpresa? Olè! – ripeté Tamara Tombé.

– È un pony nano che sa fare le moltiplicazioni? – chiese Vera Voglio.

– È un robot? – fece Ronnie Rondella.

– È un celenterato! – esclamò Akiko Assò.

– Come si chiama il pony? – domandò Bianca Battaglia.

Nino Niagara tirò su con il naso. Nel dubbio.

– La sorpresa che vi ho preparato è un gioco – disse il ragazzo che non era il maestro Pennini. – Si fa in coppia, per cui dovrò dividervi in gruppi di due. E per farlo dobbiamo andare in palestra…

Bianca Battaglia alzò subito la mano.

– Sì?

– Signor supplente, non abbiamo la tuta da ginnastica per andare in palestra.

– Non importa. Non serve la tuta da ginnastica per il gioco che faremo.

Anche Lorenzo Lodato alzò la mano.

– Signor supplente, non abbiamo neanche le scarpe da ginnastica.

– Fa niente. Possiamo fare questo gioco da scalzi. Ma per favore, basta con questo signor supplente. Chiamatemi Lenny. Ok?

Gli scherzi del destino

Non appena il maestro Lenny aveva accennato a un "gioco da fare in coppia", tutti in classe avevano pensato al compagno con cui avrebbero voluto giocare.

Furio Furetti avrebbe voluto stare con Ronnie Rondella, a Bianca Battaglia sarebbe piaciuto essere messa con Lorenzo Lodato, il suo ormai amatissimo compagno di banco, ma anche con Akiko Assò, per poter continuare la sfida dei celenterati. Vera

Voglio avrebbe fatto volentieri coppia con Tamara Tombé, nel caso fosse stato un gioco atletico, oppure con Cecilia Candeggina, a condizione che non fosse una prova di cucina. E, insomma, tutti avevano in mente qualcuno. L'unico con cui nessuno voleva fare coppia era Gianni Ginocchio.

Il motivo era presto detto: Gianni era un cubo di carne compatta, una specie di comodino con due gambe lunghissime, gli occhi piccoli, i capelli unti come patatine fritte e l'alito che sapeva di liquirizia, perché ne masticava di continuo. Aveva le mani pesanti come pestacarne ed era, senza nessuna ombra di dubbio, il bullo della classe.

Lo era stato, fin dal primo giorno di

scuola, quando aveva sbriciolato la merenda di Furio Furetti sulla testa di Vera Voglio.

E lo era ogni volta che tornava dal bagno dopo aver bevuto e sputava l'acqua sul compagno seduto davanti.

Lo era ogni volta che faceva una pernacchia mentre una bambina si piegava a raccogliere qualcosa, per poi esclamare: "Anche le principesse fanno le puzzette!"

E ogni volta che prendeva a calci gli zainetti lasciati per terra.

E che ti annodava insieme le scarpe e le lanciava sull'albero.

Dalla prima elementare Gianni, a turno, aveva fatto piangere tutti. Aveva incollato i capelli di Cecilia Candeggina con qualcosa di così schifoso che alla fine avevano dovuto tagliarglieli; aveva riempito di pizzicotti

Ronnie Rondella sostenendo che gli stava solo stringendo i bulloni; farcito la torta che Patty Padella aveva portato a scuola per il suo compleanno con delle foglie secche, e fatto pipì nelle formelle da frigo dei ghiaccioli di Bianca Battaglia.

Aveva disegnato con un pennarello le sopracciglia sulla faccia di Mino Minimo mentre faceva un pisolino nell'intervallo e dato un calcio nel sedere a Tamara Tombé mentre faceva una piroetta in cima alla scala. Nino Niagara lo faceva praticamente piangere a comando, gli bastava guardarlo.

E anche se sapeva come temperarti il braccio contro il muro per farlo diventare più corto, aprire le lattine con i denti, sollevare tutti insieme i volumi dell'enciclopedia per lanciarli dalla finestra… Gianni Ginocchio restava pur sempre un flagello biblico, come le cavallette. Con la differenza che le cavallette a un certo punto se ne andavano, Gianni no. Non passava giorno senza che infastidisse qualcuno, rompesse qualcosa o inventasse un nuovo insulto. Tipo: "Testa di seppia!", "Piedi di prosciutto!", "Cervello di gelatina!".

Aveva molta immaginazione, bisogna riconoscerlo, anche se la usava solo per tormentare il prossimo.

Chiunque si fosse trovato in coppia con Gianni avrebbe come minimo collezionato gomitate e pizzicotti, sarebbe dovuto andare a recuperare le scarpe nel cortile o si sarebbe trovato le mutande tirate su fino alle orecchie. Senza contare che avrebbe dovuto sentire sulla faccia la sua fiatella alla liquirizia, sorbirsi i suoi insulti e aiutarlo in qualche malefatta (o farsi menare).

Ma il supplente, questo, non poteva saperlo.

Il maestro Lenny guidò i ragazzi in palestra, si levò e fece levare a tutti le scarpe e poi scrisse i nomi di ciascun bambino su un foglio di carta. Piegò e ritagliò il foglio a striscioline, e le arrotolò, una per una.

Quindi mise i rotolini in un cappello.

28

I ragazzi si lanciarono delle occhiate perplesse. Cosa stava facendo?

Il maestro a questo punto infilò la mano nel cappello, e solo allora tutti capirono. Avrebbe formato le coppie estraendo a sorte!

Oh no! Poteva capitare una sventura peggiore?

Sì, forse se un meteorite si fosse schiantato sulla classe in quel momento, oppure se uscendo da scuola fossero stati centrati da un triceratopo imbizzarrito. Ma le previsioni, per la giornata, non davano caduta meteoriti e nessun lucertolone estinto da milioni di anni si aggirava per Picco Pernacchia. Per cui, quella era senza dubbio la peggiore calamità che potesse capitare.

Mentre il maestro frugava nel cappello, la

Seconda B smise praticamente di respirare, come alla finale dei mondiali di calcio quando tirano i rigori. Poi il maestro estrasse la prima coppia: Akiko Assò e Furio Furetti.

Akiko e Furio tirarono un sospiro di sollievo. Non erano con il compagno che avrebbero voluto, ma perlomeno non gli era toccato Gianni Ginocchio!

Il maestro infilò nuovamente la mano nel cappello.

Ancora silenzio. Il maestro aprì lentamente i due nuovi rotolini: Cecilia Candeggina e Vera Voglio.

Cecilia e Vera non riuscirono a contenere un gridolino di gioia.

Quindi il maestro pescò una terza, una quarta e una quinta volta.

Ne uscirono le coppie: Lorenzo Lodato e Bianca Battaglia, Mino Minimo con

Patty Padella e infine Ronnie Rondella con Tamara Tombé.

Nessuno era finito con Gianni Ginocchio e la Seconda B esultò rumorosamente. Poi però in classe si resero conto che il nome di Gianni non era l'unico che non era stato estratto dal cappello. C'era anche un altro nome.

L'ultima coppia rimasta era infatti: Nino Niagara e Gianni Ginocchio.

Nino Niagara con Gianni Ginocchio?!
Maddai!
Non è possibile!
Ma è impazzito?
Nino avrebbe pianto prima ancora che iniziassero il gioco!
Prima ancora che Lenny avesse letto il suo nome!

Nino piangeva facendo colazione se non riusciva a comporre una parola con le lettere dei cereali, piangeva venendo a scuola se suo padre guidava lungo una strada che non gli piaceva, piangeva in classe se gli si spezzava la punta della matita. Piangeva se il purè aveva i grumi e se nel minestrone c'erano i piselli.

Insomma, era un piagnone patentato.

Gianni lo avrebbe sbriciolato a suon di gomitate. Gli avrebbe spappolato i piedi a forza di pestoni. Gli avrebbe consumato le chiappe a suon di mutandate.

Oppure semplicemente lo avrebbe intossicato con la sua fiatella pestilenziale. Certo è che non sarebbe arrivato intero alla fine della mattinata.

– E l'ultima coppia è… – annunciò Lenny. – Gianni Ginocchio e Nino…

Ecco. È fatta.

Che destino crudele.

Il Tuffo della fiducia

Seguendo le istruzioni di Lenny, le coppie della Seconda B si distanziarono una dall'altra.

– Bene bene bene… – disse Lenny. – Oggi impareremo a fare gioco di squadra! E la prima cosa da imparare, quando si gioca in squadra… è avere fiducia negli altri.

– See…
– Come no!

– Che cosa?

– Quali altri?

– Tu e io siamo una squadra?

– FZTTT! BZZZT!

Dissero tutti insieme quelli della Seconda
B, ma Lenny li ignorò.

– Per cui inizieremo con un esercizio
che si chiama il *Tuffo della fiducia*. I primi
estratti di ciascuna coppia devono mettersi
in fila, con il naso rivolto verso il muro. E il
compagno deve mettersi dietro, a circa un
metro di distanza.

– Esattamente un metro? E se ci viene un
metro e venti? – chiese Furio Furetti.

– Io ho portato il metro a nastro della
dotazione scout, posso misurarlo con
precisione millimetrica! – esultò Lorenzo
Lodato.

– Non vi servirà una precisione
millimetrica – li interruppe Lenny.
– Calcolate di stare un passo dietro al vostro
compagno.

– Ma un passo lungo o un passo corto? –
chiese Tamara Tombé.

– Un passo – rispose il maestro Lenny,
imperturbabile. – Ora: quelli che stanno
contro il muro devono chiudere gli occhi,
irrigidirsi e lasciarsi cadere all'indietro. E il
compagno deve prenderli al volo.

– Cooosa? Io non prendo questo affare! –
fece Tamara Tombé, indicando Ronnie
Rondella, che aveva cominciato a emettere
un curioso ronzio. – Non mi fido. Secondo
me è guasto!

Bianca Battaglia, all'idea di dover
prendere Lorenzo tra le braccia, arrossì.

37

E al pensiero di acchiappare Akiko, Furio Furetti cominciò a sudare.

– L'esperimento consiste proprio in questo: si chiama *fiducia*! – disse il maestro Lenny. – Dovrete fidarvi *completamente* del vostro compagno.

La Seconda B non aveva molto chiaro il concetto di fidarsi. Di solito quando uno si girava, gli spariva la merenda. E non ricompariva. E quando uno prestava dei pastelli colorati raramente tornavano indietro. Qualche volta sì, tornavano, ma tutti mangiucchiati.

Insomma, sulla fiducia avevano ancora molto da imparare.

Perciò, quando il maestro Lenny disse che Akiko sarebbe stata la prima a farsi prendere da Furio, Akiko rispose che le sembrava l'idea più stupida che avesse mai sentito, ma lo stesso, quando fu il suo turno, si lasciò cadere all'indietro. E, incredibile a dirsi, funzionò! Furio, stranamente sudato anche se ancora non avevano fatto nulla, la prese al volo! Lo stesso fece Vera con Cecilia, Bianca con Lorenzo e Patty con Mino. Ronnie fu l'unico a sbattere il sedere per terra perché Tamara si era distratta per fare un casqué.

Infine, toccò a Nino Niagara. Tutti si aspettavano di vederlo piangere come una fontana prima ancora di alzarsi in piedi e supplicare di non fare l'esercizio e singhiozzare… e invece niente. Si diresse verso Gianni, si mise in posizione come avevano fatto gli altri, poi contò fino a tre e si lasciò andare.

La Seconda B si aspettava di vederlo schiantare per terra come un tronco abbattuto da un boscaiolo, e invece Gianni lo prese al volo. E… era un sorriso quello sulla faccia di Gianni?

Strano. Molto strano. Una cosa mai vista. Gianni che partecipava a un gioco?

E quando mai? Che mistero era quello?

Gianni non aveva mai partecipato a nessun gioco di squadra. Se giocavi con lui a palla avvelenata, rubava la palla e scappava via. Se giocavi a rubgy, rubava la palla e scappava via. Se giocavi a basket, insomma avete capito.

Non giocava nemmeno a nessun gioco di società. Se si giocava a dama, mandava all'aria tutte le pedine. Se invece si giocava a scacchi, mandava all'aria tutte le pedine.

Se si giocava al gioco dell'oca... esatto: mandava all'aria tutte le pedine.

Era diciamo un po' a senso unico: o si portava via il pezzo principale del gioco oppure lo mandava all'aria, quando non riusciva a farne coriandoli, cosa che gli riusciva particolarmente bene con i soldi del Monopoli.

Quindi, Gianni che prendeva al volo Nino, rinunciando a farlo schiantare a terra, era un fatto davvero straordinario, come vedere un rottweiler andare in monopattino.

– Hai visto? – bisbigliò Furio a Lorenzo.

Lorenzo fece di sì con il capo, senza riuscire a pronunciare una sola sillaba.

Invertirono i ruoli.

Questa volta doveva essere Furio a lasciarsi cadere. Akiko lo prese al volo (per un pelo, perché stava parlando con Bianca che ancora cercava nomi di celenterati), poi Cecilia prese Vera, Lorenzo prese Bianca, Mino prese Patty e Ronnie prese Tamara.

– Bravissimi! Avete imparato! – si complimentò Lenny.

Anche se ancora mancavano Gianni Ginocchio e Nino Niagara. Il che non era un bene, perché vista la mole ridotta di Nino e quella sproporzionata di Gianni, era abbastanza probabile che Gianni sarebbe caduto secco su Nino e l'avrebbe spiaccicato sul pavimento della palestra. Sarebbe toccato al bidello Ranuzzi raccogliere i resti con scopa e paletta. E invece, Gianni si lasciò cadere, Nino cercò di prenderlo, e quasi ce la fece, ma poiché era troppo pesante gli sfuggì di mano. Gianni prese una schienata

per terra che neanche un lottatore di wrestling. E a quel punto tutti si aspettavano che Gianni facesse roteare Nino sopra la testa per poi ficcarlo nel cesto dei palloni da basket o che lo lanciasse direttamente a canestro, dopo averlo palleggiato per tutta la palestra. Invece, non successe niente di tutto ciò.

Sotto gli occhi increduli della classe, Gianni si rialzò, Nino gli chiese scusa e Gianni rispose: – Niente, niente – dandogli una pacca sulla spalla.

Il resto della Seconda B seguì la scena come se stesse guardando un gorilla che vinceva ad *Assassin's Creed*.

– Venite qui, ragazzi! – esclamò Lenny, distraendoli quel tanto che bastava. – Facciamo il secondo gioco!

Il secondo gioco si chiamava *Pilota senza radar* e consisteva nel costruire un percorso a ostacoli con panche e coni colorati. A quel punto, un giocatore per ogni squadra si sarebbe bendato e il compagno lo avrebbe aiutato ad attraversare il percorso dandogli delle indicazioni del tipo: "Destra!", "Sinistra!", "Passa sopra!", "Passa sotto!".

Ad Akiko questo nuovo gioco sembrò ancora più stupido del precedente. Ciò non di meno fu la prima a lanciarsi in azione.

Va detto che, in generale, il gioco riuscì un pochino meno bene del primo.

Akiko, guidata da Furio, contestava ogni indicazione e vagava come una falena impazzita; Cecilia, pilotata da Vera, si sfracellò contro il muro; Lorenzo, guidato da Bianca, si accartocciò su una panca, e Mino

Minimo, pilotato da Patty, finì direttamente fuori dalla palestra. Ronnie, guidato da Tamara, riuscì meglio, perché a un certo punto smise di ascoltare le sue indicazioni e inserì il pilota automatico, che quantomeno gli impedì di rovinare sul pavimento.

L'unico a portare a termine il percorso con successo fu, a sorpresa, Nino Niagara.

Guidato da Gianni Ginocchio.

Il pronostico comune era che Nino sarebbe decollato per poi avvitarsi in volo e schiantarsi in modo spettacolare. E invece no. Gianni diede indicazioni precise e Nino arrivò sano e salvo alla fine del percorso.

Quando Nino completò l'esercizio, la Seconda B rimase a bocca aperta, come se avesse appena visto una foca suonare l'ukulele.

Si invertirono i ruoli, ma le cose non cambiarono di molto: Furio, guidato da Akiko, sembrava un gatto stordito dai fari di una macchina; Vera, pilotata da Cecilia, andò a sbattere contro Bianca pilotata da Lorenzo, e cominciarono a litigare su chi doveva dare la precedenza. Patty, guidata da Mino, arrivò praticamente alla fine del percorso, ma si levò la benda un attimo prima di superare il traguardo e venne squalificata. Tamara si mosse troppo velocemente perché Ronnie riuscisse a darle indicazioni e si schiantò subito, come se fosse stata abbattuta da una contraerea invisibile.

In tutto questo parapiglia, Gianni Ginocchio concluse tranquillamente quasi tutto il percorso, tranne quando, complice un'indicazione sbagliata di Nino Niagara, sbatté contro l'asta della pertica e perse così l'ultimo dente da latte che ancora doveva cambiare.

Tutti si aspettavano che Gianni aggredisse il suo compagno di squadra per assestargli (come minimo) una raffica da dodici di calci nel sedere, e invece niente.

Niente di niente.

Il più feroce bullo di Picco Pernacchia si limitò a sorridere, con quella improvvisa apertura in mezzo ai denti, e a dargli un cinque con il palmo della mano.

La prova del nove

– Forse Gianni è malato? – azzardò Furio Furetti, all'intervallo.

– Secondo me è stato morso dalla mosca tze-tze! – disse Akiko.

Guardavano tutti Gianni Ginocchio, cintura nera di mutandate, maestro internazionale di cestino rovesciato in testa, campione di cariche a testa bassa. Il piccolo Neanderthal della Seconda B (senza offesa per i Neanderthal).

Sembrava in perfetta salute.

– Forse ha picchiato la testa? – domandò Mino Minimo, ma nessuno lo ascoltò.

Era peraltro una teoria interessante, ma avrebbe dovuto picchiarla nel tragitto dalla classe alla palestra, perché prima di entrare aveva fatto fare alla rana di Lorenzo Lodato un volo che nemmeno nel lancio del disco delle olimpiadi.

E in ogni caso non aveva nessun bernoccolo.

– È stato un attacco hacker, e lo hanno riprogrammato? – ipotizzò Ronnie.

– Oppure lo hanno ipnotizzato… – disse Patty Padella.

Anche questo era da escludere: Gianni non era un robot e quindi era immune agli hacker. Quanto all'ipnosi nessuno sarebbe riuscito a tenerlo fermo abbastanza a lungo senza prendersi una sfilza di calci negli stinchi. E in ogni caso, anche legato, Gianni non riusciva a rimanere concentrato su una cosa per più di dieci secondi.

E così, dopo un'accesa discussione, venne votata come unica ipotesi plausibile quella che Gianni fosse stato sostituito da un sosia alieno. E lo scambio doveva essere avvenuto in bagno.

Per confermare la teoria serviva solo una prova del nove e, per ottenerla, fu scelto Furio Furetti, responsabile dell'ipotesi. Doveva andare da Gianni Ginocchio e fargli un complimento per il dente mancante. Il vero Gianni gli avrebbe fatto bere il succo di frutta dalle orecchie. Mentre con il sosia alieno Furio se la sarebbe cavata con una pacca sulla spalla.

– Non possiamo provare con un altro sistema? – domandò Furio, titubante.

– Facciamogli una telefonata: io ho il numero! – propose Mino Minimo.

Ma non venne sentito.

– Non c'è altro modo. Per il bene della scienza... – disse Akiko, inflessibile. – E forse anche di tutta l'umanità. Potremmo essere sulla soglia di un'invasione da parte di un pianeta ostile e...

– Ho capito! Ho capito! – tagliò corto Furio, pur di non doversi sorbire tutta la spiegazione.

Si avvicinò a Gianni mentre stava sbranando la confezione di una merendina. Era il suo modo per aprirla: la teneva stretta tra i denti, agitava la testa, come fanno i coccodrilli per staccare le zampe delle gazzelle o gli squali con i surfisti.

– G-Gianni... – esordì Furio.

– Che vuoi, Testa di pigna?

– N-Niente. È che stavo pensando...

55

– Cosa, Testa di pigna?

– Volevo dirti che...

– Ma insomma che accidenti vuoi, Testa di pigna?

Furio deglutì.

Poi si fece forza e si lanciò, immaginando di essere uno di quegli spericolati che si tuffano dai ponti con un elastico legato intorno alle caviglie.

– Stai alla grande, senza il dente!

Gianni smise di colpo di sbranare la merendina.

– Cosa hai detto?

– Ho detto che stai proprio bene senza un dente! – ripeté Furio. – È un complimento, eh! – aggiunse poi.

Gianni schiacciò la confezione della

merendina talmente forte che scoppiò. Poi acchiappò Furio e lo tenne fermo mentre gli infilava tutti i pezzetti della merendina su per il naso.

– Anche tu stai bene con il cioccolato nel naso! – disse.

E a quel punto, non avendo più una merendina da mangiare, inghiottì in un boccone quella di Furio.

Furetti barcollò verso i compagni e, sputacchiando pan di Spagna, decretò: – Gianni non è stato sostituito da nessun sosia alieno.

E tutti furono d'accordo.

Anche perché, poco dopo, Gianni riempì lo zaino di Vera Voglio con i pezzettini

accuratamente sminuzzati di un disegno di Ronnie Rondella, e macchiò il grembiule immacolato di Cecilia Candeggina con ciò che restava della biro di Mino Minimo dopo che ci aveva camminato sopra.

Insomma, se davvero era stato sostituito da un sosia alieno, si trattava di un'imitazione molto ben riuscita.

La Corsa dell'amicizia

Dopo l'intervallo la Seconda B marciò in cortile con Lenny, per un ultimo gioco.

– Il terzo esercizio di oggi si chiama la *Corsa dell'amicizia*! – annunciò il supplente. – Ogni coppia dovrà scegliere un cavallo e un fantino. E poi dovrete correre!

– Come in televisione! – disse Akiko. – L'ho visto fare *All'isola dei Formosi*!

– Esatto! Ma qui non avrete in premio noci di cocco o torte di cioccolato!

– Cosa avremo in premio? – chiese Bianca.

– Nulla! – rispose il supplente. – A parte il piacere di avere giocato insieme e aver guadagnato la fiducia del vostro compagno.

La Seconda B restò decisamente delusa da quell'affermazione. Anche se correre in spalla a un compagno era comunque preferibile che stare in classe a far lezione. Così si consultarono per decidere chi avrebbe fatto il cavallo e chi il fantino e, dopo un animato dibattito, la scuderia venne formata nel modo seguente: Furio Furetti avrebbe corso con Akiko come fantino; Cecilia Candeggina avrebbe corso alle briglie di Vera; Bianca Battaglia avrebbe cavalcato Lorenzo e Mino avrebbe corso sulla schiena di Patty Padella. Tra Ronnie

Rondella e Tamara Tombé ci fu una lunga discussione su chi fosse il più adatto a fare il cavallo, che si concluse con Ronnie come cavallo e Tamara come fantina.

Gianni Ginocchio e Nino Niagara non discussero nemmeno: Gianni lasciò semplicemente che Nino gli salisse in groppa.

Cavalli e cavalieri si disposero lungo la linea di partenza, aspettando il segnale di via di Lenny.

I cavalli erano piuttosto nervosi, si sarebbe detta la partenza del Kentucky Derby o del Palio di Siena. Furio scalciava, Cecilia sbuffava, Lorenzo trotterellava sul posto, Patty nitriva e Ronnie, beh Ronnie cigolava come un cavallo robot.

63

Pronti…
Partenza…
Via!

La corsa partì in un modo che più scomposto non si poteva, e fu subito un guazzabuglio di mani e gambe.

Gianni partì caricando come un rinoceronte e Furio, disorientato da tanta foga, fece finire Akiko contro Bianca

Battaglia. Cecilia Candeggina e Vera Voglio si misero a discutere quando, ultime a metà percorso, Cecilia decise che forse, anzi sicuramente, sarebbe stata un miglior fantino di Vera, che non ne era per niente convinta. Dopo una lunga contrattazione conclusero che avrebbero corso metà giro per ciascuno come cavallo e l'altra metà giro come fantino. Cosa molto poco pratica, visto che mentre loro si fermavano per cambiare

gli altri continuavano a correre all'impazzata.

Patty Padella scivolò a tre quarti di giro. Ronnie invece trotterellava di buona lena, con Tamara che gli dava calci nei fianchi pretendendo che galoppasse più veloce.

– Dai! Dai! Stupido cavallo-robot! Ingrana la quarta, avanti!

In tutto questo, Gianni fece il primo giro di corsa come un carro armato.

Praticamente non lo videro nemmeno passare. Al secondo giro, sollevò addirittura Nino sulla testa e gli fece tagliare il traguardo con le braccia aperte, tipo aeroplano.

Lenny decretò la fine della corsa. La Seconda B era sfinita.

Furio Furetti era sudato come un somaro, a Cecilia Candeggina tremavano le ginocchia mentre Vera Voglio era spettinatissima. Che dire poi di Lorenzo e Ronnie? Il primo sembrava intontito come se avesse fatto quindici giri di ottovolante e il secondo non sentiva più le orecchie, tanto gliele aveva tirate Tamara per mandarlo nella giusta direzione.

L'unico a stare benissimo era ovviamente Gianni Ginocchio. Dopo aver corso per due giri con il compagno in spalla non aveva nemmeno il fiatone.

Accanto a lui, Nino Niagara sorrideva timidamente.

Il mistero si infittiva. Perché Gianni non lo pestava?

– Forse una volta Nino gli ha salvato la vita! – azzardò Bianca, mentre tornavano in classe.

– Dovevo fare io il cavallo per tutta la gara! – urlò Cecilia Candeggina.

– No, io! – replicò Vera Voglio.

– E smettetela voi due! La gara è finita! – le zittì Furio Furetti. – E se fossero fratelli? – domandò poi a tutti gli altri.

– Che differenza farebbe? Gianni pesta anche suo fratello! – rispose Cecilia.

– Forse è stato punto da un ragno radioattivo e, invece di arrampicarsi sui muri... è diventato gentile? – ipotizzò Ronnie.

– Ma perché solo con Nino? – obiettò Akiko.

E poi, a furia di pensarci, quando Lenny

li fece mettere in fila per l'uscita da scuola, Akiko ebbe finalmente l'illuminazione giusta.

– Guardatelo! Che cos'ha di diverso, oggi, Nino? – chiese agli altri bisbigliando.

– Boh! Niente! Sembra il solito piagnone, tranne che oggi non ha pianto... – rispose Furio sempre bisbigliando.

– Guardate meglio. Osservatelo attentamente!

Tutta la Seconda B scrutò Nino Niagara.

– Io non vedo niente.

– È più alto del solito?

– Il colore! – esclamò allora Akiko.

– Il colore?

– Sì, guardate bene: oggi Nino è vestito completamente di giallo!

Era vero. Ma...

– E allora? – sbottarono più o meno tutti i compagni di classe.

Akiko sfoderò un grande sorriso: – In un documentario ho visto che certi animali diventano matti davanti a certi colori. Per esempio il rosso manda fuori di testa i tori. E infatti il torero agita una cappa rossa per farlo arrabbiare... E quindi...

I compagni la guardarono, in attesa del finale.

– Forse il giallo anestetizza Gianni?

Suonò la campanella.

Nessuno sembrò particolarmente colpito dalla teoria cromatica di Akiko. Soprattutto perché i tori in realtà (come puntualizzò Furio Furetti) sono daltonici.

Ma la mattina dopo, curiosamente, tutta la Seconda B si presentò a scuola vestita di giallo.

Il momento della verità

Quel giorno la Seconda B sembrava un campo di girasoli. Patty Padella aveva un completo color maionese, Lorenzo Lodato era in bermuda giallo semaforo e fazzoletto dello stesso colore. Ronnie Rondella aveva, oltre ai pantaloni giallo banana, una t-shirt gialla a righe di due altri gialli. Tamara Tombé aveva trovato un tutù giallo pallido, mentre Furio Furetti aveva rimediato un maglione giallo limone di tre taglie più grande, che oltre a stargli largo gli teneva un caldo pazzesco, per cui già alla seconda ora era sudato come un alce.

Persino Cecilia Candeggina aveva rinunciato per un giorno alla sua tenuta di bianco immacolato e ora sfoggiava un completo giallo mimosa.

– Come siete belli, stamattina! – osservò Lenny, quando entrò in classe.

La prima parte della mattina passò tranquilla. Il supplente fece fare loro qualche esercizio, spiegò una cosa simpatica, ma nessuno saprebbe dire quale, perché non lo ascoltarono. Tutti aspettavano impazientemente l'intervallo per testare la teoria di Akiko. Quando finalmente suonò la campanella, la Seconda B si alzò di scatto e le si precipitò intorno. Confabularono per un istante e poi guardarono Furio.

– È il momento della verità! – gli dissero.
– In che senso?
– Nel senso che devi andare da Gianni e vedere se il giallo funziona!
– E perché io? L'ho già fatto ieri!
– Beh, lo sai fare, quindi...
– Ma perché proprio io? – insistette Furio.
– Abbiamo votato!
– Ma io non ho votato niente!
– Non importa, tanto avevi perso. Tocca a te.

Furio non capiva questa cosa del votare. A che serviva se tanto toccava sempre a lui? C'era qualcosa che gli sfuggiva nel meccanismo.

Di malavoglia andò a cercare Gianni. Lo trovò in cortile che mangiava M&M's in modo acrobatico, lanciandole in aria e prendendole al volo con la bocca, come aveva visto fare una volta alle orche del delfinario. Con le acciughe però, perché le orche di solito non mangiano M&M's.

Furio una volta aveva letto che non bisogna mai interrompere il pasto degli animali feroci, per cui fece dietrofront. Tutti i suoi compagni, allineati in tonalità di giallo, gli fecero segno di no con la testa.

Così Furio si trascinò nuovamente da Gianni.

– Che vuoi, Faccia di triglia al sugo, hai qualcosa da dirmi?
– S-sì... Più o meno.

Il fatto che lo chiamasse Faccia di triglia al sugo non era per niente un buon segno.

– Allora? Che mi devi dire, Faccia di triglia al sugo?

– Nel senso che… Cioè… volevo dirti…

Furio non si era preparato un discorso. Scartabellò nel cervello alla ricerca di una mezza presa in giro, magari affettuosa, ma non era facile.

Quando guardi dritto negli occhi un facocero di cattivo umore che mastica confetti al cioccolato digrignando i denti,

è difficile che ti vengano in mente delle barzellette.

Alla fine se ne venne fuori con un: – Lo sai che hai i capelli meno unti del solito?

Gianni smise di sgranocchiare.

– Cosa hai detto?

Furio ripeté. – Lo sai che hai i capelli meno unti del solito? Nel senso che non scintillano come al solito e allora...

Furio ritornò dagli altri con le braccia del maglione annodate intorno al collo.

– Credo che sia superfluo domandarti come è andata – commentò Akiko.

Mentre Ronnie e Patty snodavano Furio, Lorenzo Lodato propose una seconda teoria: aveva appena letto su *Mondo Scout*, la rivista per bambini a cui era abbonato, un articolo secondo il quale in natura ci sono odori capaci di calmare o eccitare gli animali, come gli orsi o le api. Forse lo strano comportamento di Gianni era dovuto a qualche odore particolare?

– Che idea stupida – disse Akiko.

– Ma Gianni non è un orso! – obiettò Furio Furetti. – E non fa nemmeno il miele!

– No, ma magari Nino produce un odore antibullo! – propose Ronnie Rondella.

– E che odore sarebbe?

– Non lo sappiamo. Ma possiamo scoprirlo… – mormorò Bianca Battaglia.

Gli occhi di Furio tornarono a lampeggiare: – Potremmo brevettare una formula segreta antibullo…

– Venderla a tutti i bambini del mondo su internet! – disse Ronnie.

– E diventare ricchi! – concluse Vera Voglio, che già pensava a cosa si sarebbe comprata con la sua parte dei soldi: quel famoso pony nano che sapeva fare le moltiplicazioni.

Prima di capire di cosa odorava Nino, però, dovevano scoprire di cosa odoravano loro.

Akiko cominciò ad annusare i suoi compagni uno dopo l'altro e ad annotare su un pezzo di carta il risultato del suo

esame olfattivo. Furio odorava di biscotti al cioccolato e Vera di bagnoschiuma alla pesca.

Cecilia Candeggina odorava di sapone per i piatti al limone. Lorenzo Lodato di muschio e Bianca Battaglia di vaniglia. Mino Minimo non sapeva di niente, Patty Padella sapeva invece di frittata di cipolle e Tamara Tombé di mandorle. Ronnie Rondella aveva un aroma di olio da pop-corn e, infine, Akiko di mandarino.

Gianni Ginocchio... non c'era bisogno di controllare: sapeva di liquirizia.

A quel punto restava il solo Nino Niagara.

Akiko gli si avvicinò furtivamente, poi senza farsi notare, gli aspirò una profonda nasata. Dopo un'accurata riflessione, sentenziò: – Sa di cracker sbriciolati.

– E ci credo! – esclamò Furio. – È dalla prima elementare che Gianni glieli sbriciola ogni mattina appena arrivato a scuola!

– Non stamattina... – notò Bianca.

– Si sarà stufato di comprarli...

– Ma ormai ha briciole dappertutto, gli hanno intriso i vestiti.

Quindi non potevano essere i cracker.

Akiko tornò ad annusare Nino con maggiore attenzione e in effetti, sotto l'aroma di cracker sbriciolato, avvertì un altro odore... Un odore fresco e un po' pungente, leggermente mentolato, come di...

– Come di?
– Arbre magique!
– Arbre magique?
– Sì, sapete quel profumino da macchina che si appende allo specchietto retrovisore?

La Seconda B emise un sonoro "Oooooooh!", come se Akiko avesse estratto la spada nella roccia.

L'Albero Magico

Il giorno dopo tutti gli alunni della Seconda B arrivarono a scuola muniti del magico alberello profumato, che avevano rubato dall'auto dei genitori.

Akiko, Vera Voglio e Lorenzo Lodato ne avevano trovato uno al pino silvestre, Cecilia Candeggina e Tamara Tombé uno al gelsomino, Patty Padella uno al gusto pizza, Bianca Battaglia arrivò con un Arbre magique al biancospino, Mino Minimo con

uno che non profumava di niente, Furio
Furetti uno alle alghe e Ronnie Rondella uno
alla pigna, un gusto che nessuno aveva mai
sentito. Molti di loro li portavano appesi al
collo, sotto la maglietta.

Alla campanella dell'intervallo, Furio
Furetti cercò inutilmente di dileguarsi, ma i
compagni si mossero prima di lui.

– Dove stai andando? – chiese Akiko.

– In bagno.

– La farai dopo. Adesso devi andare da
Gianni – disse lei in tono assertivo.

– Ma perché sempre io?! Ci sono già andato ieri e l'altro ieri. Perché non ci può andare Lorenzo?

– Perché è un esperimento scientifico! E non bisogna cambiare niente, negli esperimenti scientifici!

Furio era un po' stufo di fare la cavia da laboratorio. Anche perché si sa, che alla lunga, le cavie fanno tutte una brutta fine. Ma non aveva alternative. Così, trascinando i piedi e tenendo bene in vista il suo alberello

profumato, come se fossero teste d'aglio contro il conte Dracula, Furio puntò per la terza volta Gianni Ginocchio.

Lo trovò nuovamente in cortile che stava grufolando il naso in un pacchetto di patatine al tonno. Sembrava un cinghiale che cerca tartufi.

– Che cosa vuoi? – sbraitò Gianni, con la consueta gentilezza.

– Dovevamo dirti una cosa…

– Dovevamo *chi*?

– Io… cioè tutti noi, volevo dire, nel senso che non parlo a nome mio, ma della classe…

– E allora? – chiese Gianni che nel frattempo aveva aspirato una patatina col naso.

– Volevo… cioè volevamo dirti che… che…

– COSA?

E allora Furio si accorse di un particolare. Gianni gli aveva risposto già per quattro volte senza includere nemmeno un insulto, nessun Testa di padella o Piedi di Gorgonzola. Era un buon segno. Un ottimo segno! Gli alberelli funzionavano!

Furio azzardò un: – Lo sai che oggi hai l'alito che puzza di tonno?

Gianni smise di grufolare nel sacchetto. Poi fissò Furio per un istante, con uno sguardo non particolarmente intelligente. Niente di nuovo. Quindi accennò un sorriso. Anzi no, stava proprio sorridendo! La finestra sul davanti non mentiva. Gianni stava *davvero* sorridendo!

Anche Furio sorrise.

Gli alberelli funzionavano davvero! Avevano scoperto il filtro magico antibullo! Il vaccino contro le mutandate, la formula segreta che gli avrebbe consentito di mangiare la merenda intera e non sbriciolata da Gianni.

O forse no.

Dieci secondi dopo infatti, Furio barcollò dai suoi compagni con il cestino che il bidello Ranuzzi usava per raccogliere le foglie secche come cappello, un pacchetto vuoto di patatine in bocca, le tasche piene di foglie e di rametti e le mutande tirate fuori dai pantaloni fin quasi dietro le orecchie.

– Non erano neanche gli Arbre magique – disse Akiko, sconsolata.

Il segreto inconfessabile

A questo punto era inutile continuare a fare ipotesi. L'unico modo per sapere cosa era accaduto il giorno in cui era arrivato Lenny era chiedere direttamente a Nino Niagara.

Lo fermarono sulla porta del gabinetto, quando uscì.

– Perché Gianni non ti picchia? – gli domandarono, senza mezze misure.

– È perché una volta gli hai salvato la vita?

– Siete fratelli?

– Lo paghi?

– È stato sostituito da un sosia alieno?

– Di che pianeta?

Nino scappò in bagno e chiuse la porta tra sé e i compagni.

– Rispondi! – gli urlarono questi, prendendo d'assedio il gabinetto.

Da dietro la porta udirono i primi singhiozzi.

– Non fatelo piangere, altrimenti non ci darà più la risposta! – avvertì Bianca Battaglia. E intanto si guardò intorno, per evitare che il bidello Ranuzzi si accorgesse che lei e le altre bambine erano entrate nel bagno dei maschi.

– Io non so niente! Lasciatemi stare! – provò a rispondere Nino.

Ma gli altri non si arresero.

– Vogliamo una spiegazione o non esci di lì!

– E NON PIANGERE!

– Non ho fatto niente!

– Allora dicci perché Gianni non ti picchia!

– Io non so nulla!

– Sì che lo sai invece, confessa!

– Hai scoperto una formula segreta?

Da dietro la porta del bagno arrivò un lungo, lunghissimo silenzio. Poi il rombo di uno sciacquone.

La Seconda B si guardò perplessa.

– Se ne è andato? – chiese Ronnie.

– E come vuoi che se ne sia andato? Dal tubo di scarico? – ribatté Tamara.

– Sfondiamo la porta!

– Sì, ma piano che se ci sente Ranuzzi poi sono dolori!

Dopo un attimo si sentì un enorme, profondissimo sospiro.

Nino socchiuse la porta del bagno.

– E va bene… – disse, piano. – Ma dovete giurarmi che non lo direte a nessuno!

Una serie di sguardi saettarono tra i ragazzini. Roba tipo: "Uno per tutti, tutti per uno", "Da un grande potere deriva una grande responsabilità", "Il sapere vi renderà liberi". E via dicendo.

Annuirono tutti insieme.

E finalmente Nino raccontò la storia.

Una volta Gianni Ginocchio era stato un bambino buono e gentile.

– Seeee… ma vallo a raccontare a

qualcun altro! – disse Bianca Battaglia.

– Zitta! Facciamolo parlare!

E Nino continuò. Gianni era andato alla scuola materna con suo fratello, Nando Niagara.

– Come? Ma se era alle materne con noi!

– Sì, perché l'anno prima… – singhiozzò piano Nino – … l'hanno bocciato.

Era proprio così. Il primo anno alla scuola materna era in classe con suo fratello, Nando, e prima di essere bocciato, unico caso al mondo di bambino a ripetere due volte un anno delle materne, Gianni Ginocchio era stato un bambino gentile. Divideva sempre la merenda con i compagni, portava fiori alla maestra e stava seduto perbene nel suo banco. Cantava anche bene. Imparava le poesie a memoria e giocava con gli altri scendendo dall'altalena ogni volta che un compagno voleva fare un giro.

– E lo spingeva anche... – aggiunse Nino, tirando su con il naso.

La Seconda B lo ascoltava con gli occhi sgranati.

Un giorno, Gianni cadde e si sbucciò un ginocchio. La maestra gli abbassò i pantaloni per medicargli le ferite e tutti rimasero allibiti quando videro che, sotto ai pantaloncini, Gianni aveva un paio di mutande con i cuoricini... ROSA!

Erano scoppiati tutti a ridere. Tranne Nando Niagara. E l'avevano preso in giro. Tranne il fratello di Nino.

"Hai le mutande con i cuoricini rosa: sei una femmina!"

"FEMMINA! FEMMINA! FEMMINA!"

Il fatto è che il papà di Gianni, facendo la spesa, le aveva comprate senza nemmeno accorgersene, perché i cuoricini erano bianchi su bianco, e nemmeno si vedevano, ma poi aveva fatto una lavatrice con l'acqua troppo calda con le mutande di Gianni e la sua tuta da ginnastica rossa. E cosa viene fuori se si mescola il rosso con il bianco?

Il rosa, appunto.

"FEMMINA! FEMMINA! FEMMINA!"

E da quel momento Gianni, per dimostrare a tutti che non era per niente una femmina, smise di essere il bambino più gentile del mondo e cominciò a menare le mani come un vichingo, a distribuire calci negli stinchi e a sbranare le merende altrui come un caimano. Ecco qual era il segreto inconfessabile di Gianni Ginocchio!

La Seconda B era ammutolita. Di solito i supercattivi dei fumetti hanno origini estreme: diventano malvagi dopo esser caduti in una vasca piena di acido o perché fusi per sbaglio con dei tentacoli di metallo, oppure perché testando una pomata contro i brufoli si sono riempiti di squame e trasformati in lucertoloni. Ma nessuno era

mai diventato un supercattivo perché il papà aveva sbagliato a mettere le mutande in lavatrice!

– E perché questa storia è saltata fuori solo adesso? – chiese Bianca Battaglia sospettosa.

– Prima non lo sapevo. Mio fratello me l'ha raccontata solo la settimana scorsa perché abbiamo incontrato Gianni in gelateria. Quando ha visto Nando è diventato tutto rosso, allora poi io ho chiesto a mio fratello il perché e lui mi ha raccontato la storia. Però se adesso Gianni scopre che ve l'ho detto, mi pesterà come un tamburo!

– No, secondo me ti gonfierà come una zampogna! – disse Akiko.

– Non è detto. Magari si limiterà ad accartocciarti come una pallina di carta! – aggiunse Ronnie.

– Secondo me ti farà scoppiettare come i pop-corn – disse Patty.

– Vi prego! No! – replicò Nino. Poi sbiancò, portò le mani al viso ed esclamò:
– Oh, no! È la fine!
E subito dopo scoppiò a piangere.

La Seconda B lo guardò senza capire. Poi tutti si girarono nello stesso istante e videro. Gianni era entrato in bagno e aveva sentito tutto.

Ma anziché picchiarli tutti se ne andò via di corsa.

Una giornata particolare

Il giorno dopo Gianni Ginocchio non venne a scuola. E quello dopo nemmeno.

Lenny annotò l'assenza sul registro. E disse, anche, che quello sarebbe stato il suo ultimo giorno da supplente.

Nessuno lo ascoltò.

All'intervallo, la Seconda B si riunì a discutere.

– Secondo me Gianni non viene più perché si vergogna – disse Akiko.

– Dobbiamo convincerlo a tornare! – disse Furio.

– E come? – chiese Lorenzo.

– Ad esempio dicendogli che a noi del colore delle sue mutande non importa niente – rispose Bianca Battaglia.

– E chi va a dirglielo?

– Nino! Lui ha fatto il pasticcio e lui deve rimediare!

– Nino ha fatto il pasticcio perché NOI l'abbiamo costretto! – disse Furio.

– Giusto! Allora andrai con lui! – decise Akiko.

– Ah no! Io ho già fatto tre volte la cavia ai tuoi esperimenti! – rispose Furio. – Questa volta a prendere le legnate ci va qualcun altro!

– Allora mettiamolo ai voti. Chi vuole che Furio vada con Nino alzi la mano!

Alzarono tutti la mano tranne Furio.

– Anche tu, Nino? – si infuriò Furio.

– Scusa! BUAAAAH! – rispose Nino Niagara, scoppiando a piangere.

Dopo l'intervallo, Lenny chiese loro di fare un ultimo compito insieme.

– Prima di salutarci, voglio che mi scriviate dieci righe di quello che avete imparato in questi giorni con me. A partire dagli esercizi che abbiamo fatto in palestra.

La Seconda B si mise subito al lavoro. Poi Lenny li chiamò a leggere i loro pensieri, uno dopo l'altro.

Bianca Battaglia aveva imparato che lo zibetto non è un celenterato, anche se secondo lei doveva esserlo. Vera Voglio che anche chiedendo una cosa tutti i giorni, non la si ottiene per forza. E infatti non aveva ancora il suo pony che sa fare le moltiplicazioni. Lorenzo scrisse che per ogni cosa buona che si fa si ottiene qualcosa di buono e per ogni cosa cattiva se ne ottiene una cattiva, e che quando una rana mezza schiacciata viene lanciata in aria, prima o poi finisce che si spiaccica da qualche parte. Furio Furetti scrisse che la regola della maggioranza che vota e decide le cose non è per niente una buona regola.

E poi la scuola finì, Lenny li salutò e i ragazzi uscirono urlando dalla classe, come tutti gli altri giorni.

Quel giorno pioveva, e rimasero tutti a casa a giocare. Però pensavano a Gianni Ginocchio. Furio non riuscì a fare nessuna invenzione. E Nino guardò fuori dalla finestra senza piangere mai.

E anche gli altri bambini della Seconda B pensavano a Gianni e al racconto di Nino.

Ronnie non finì di costruire il robot che gli portava la colazione a letto. Patty bruciò una torta. Lorenzo si tagliò il dito con il coltellino scout. Tamara restò seduta sul tappeto peloso di camera sua e non fece nemmeno un brisé.

Akiko accese la televisione e guardò un documentario sui serpenti corallo. Erano serpenti che invece di cambiare colore per mimetizzarsi con l'ambiente circostante, come i camaleonti, o certe farfalle, avevano sviluppato una serie di colori vivaci che mettevano in guardia gli altri animali: "Guardami! Sono velenoso!"

Ma la cosa interessante che Akiko scoprì era che esisteva anche un falso serpente corallo, con gli stessi colori di quello vero, ma che non era per niente velenoso.

– Wow! – esclamò Akiko, a quel punto. Le era venuta un'idea. E, per una volta, era un'idea intelligente.

Forse perché non era proprio tutta sua, ma era del *falso serpente corallo*.

Akiko chiamò Furio per raccontargli cosa aveva pensato. Furio chiamò Ronnie che telefonò a Tamara che avvisò Cecilia che chiamò Vera. Vera chiamò Bianca che avvisò Lorenzo che si mise d'accordo con

Mino che telefonò a Patty che chiamò Nino. In breve, tutti furono avvisati.

Andarono tutti a dormire piuttosto eccitati al pensiero dell'indomani.

Il giorno dopo si ritrovarono davanti a casa di Gianni Ginocchio. Era una casetta ordinata, appena fuori da Picco Pernacchia. Lo chiamarono e, quando lui si affacciò alla finestra, strabuzzò gli occhi per la sorpresa.

Lorenzo portava dei calzini rosa coi cuoricini e delle scarpe, rosa pure quelle, con i brillantini, prese in prestito da Cecilia Candeggina. Mino portava il tutù rosa che si era fatto prestare da Tamara Tombé e Ronnie aveva delle orecchie di peluche rosa di Patty Padella. Nino aveva una tuta completamente rosa (scarpe comprese) prestata da Bianca Battaglia e Furio portava addirittura un fiocco sulla testa che si era fatto dare da Vera Voglio.

– Siete impazziti? – domandò Gianni, a quel punto, uscendo di casa.

– No che non lo siamo! – risposero i suoi compagni di classe, un po' esitanti.

– Ma si può sapere perché vi siete conciati a quel modo?

Akiko fece un passo avanti.

– Per farti capire che non ti prenderemo mai in giro per la storia delle mutande rosa. Non ce ne frega niente. E vogliamo che torni a scuola anche se sei il bullo della classe. Per questo oggi abbiamo deciso di essere tutti ridicoli. Così, semmai qualcuno si ricorderà ancora delle mutande rosa, tu potrai raccontare dei calzini coi cuoricini di Lorenzo e di Mino col tutù, delle orecchie rosa di Ronnie, della tuta rosa di Nino e di Furio col fiocco in testa…

– Non devi dimostrare niente a nessuno, Gianni! – esclamò Bianca.

– E se vuoi puoi anche smettere di fare il bullo! – aggiunse Vera.

A Gianni luccicarono gli occhi. Gli tremò la mascella. E strinse i pugni fino a farli diventare rossi.

Per un attimo tutti pensarono che sarebbe partito caricandoli a testa bassa, facendoli saltare come birilli del bowling. Invece si limitò a balbettare:

– Mmm… Non so… Ci devo pensare.

Ma si capiva che era commosso.

Passarono setto o otto secondi.

– Si fa tardi – disse. – Dobbiamo andare a scuola…

– Sì. Dobbiamo andare a scuola! – risposero i suoi compagni.

– Ma… – disse Gianni. – Posso continuare a fare gli scherzi?

– Se sono solo scherzi, sì… – rispose Furio.

Un nanosecondo dopo si ritrovò un

cestino per le foglie secche che stava lì nel giardino come cappello.

Tutti si misero a ridere. Era tornato il Gianni Ginocchio di sempre!

Insomma, quasi.

Questa volta, infatti, il cestino era vuoto.

FINE

Indice

Il primo giorno di primavera   5

Chiamatemi Lenny   15

Gli scherzi del destino   23

Il *Tuffo della fiducia*   35

La prova del nove   51

La *Corsa dell'amicizia*   61

Il momento della verità   73

L'Albero Magico   85

Il segreto inconfessabile   93

Una giornata particolare   105

FURIO FURETTI
E LA MACCHINA DELLA PAZIENZA

Plic, plic, plic. Il silenzio della notte è interrotto da un odioso gocciolare di rubinetti. Furio Furetti vorrebbe alzarsi a stringere il rubinetto, ma si sta così bene sotto le coperte! Il mattino dopo, però, ORRORE! Durante la notte la città si è allagata! Per colpa sua! Perché non ha chiuso il rubinetto!

BIANCA BATTAGLIA
E IL PRIMO DELLA CLASSE

Bianca Battaglia ha un solo desiderio: essere la prima della classe. Ma da quando è arrivato Lorenzo Lodato, per lei sono iniziati i guai: Lorenzo è il migliore in tutto, e compagni e maestre già lo adorano! Per fortuna Bianca ha un'idea: lo batterà alla corsa campestre e lo farà... a ogni costo!

AKIKO ASSÒ
E LA CENTRALE DEGLI INCUBI

Akiko ha una spiegazione strampalata per tutto. Per esempio, da dove vengono gli incubi? È semplice: dalla vecchia centrale abbandonata di Picco Pernacchia! Suo cugino Fofò, però, non è molto convinto... Ma Akiko è più decisa che mai a provare la sua teoria con un'avventurosa esplorazione notturna!

RONNIE RONDELLA
E LA FIERA DELLA SCIENZA

Da quando ha deciso di fare il robot, Ronnie Rondella è più felice che mai. Peccato che quel pestifero del suo fratellino gli rovini sempre tutto! Così, quando il preside Mariotti annuncia la Fiera della Scienza, Ronnie ha un'idea: costruirà una macchina del tempo! E impedirà al suo fratellino di nascere! Un'idea geniale! O no?

MINO MINIMO
E IL SUPER POTERE PIÙ INUTILE DEL MONDO

La maestra non lo vede quando alza la mano, i compagni non lo vedono quando si gioca a calcetto, la sorella non lo vede quando deve andare in bagno... L'invisibilità è il superpotere più inutile della storia! Non poteva capitargli la superforza? O l'ugola sonica? O la memoria fotonica? Ma un bel giorno...

VERA VOGLIO
CONTRO LA REGINA D'INGHILTERRA

Vera Voglio vuole tutto. Un castello, un panda, un'isola. Da qualche tempo, Vera vuole un cane. Uno Scottish Terrier, nero, occhi vispi e barba a spolverino. Mamma non ne vuole sapere, ma Vera non è tipo da arrendersi al primo no. E non fa niente se per avere un cane dovrà scomodare la Regina...

Le prossime uscite

PATTY PADELLA
E IL CONCORSO DI CUCINA

La scuola Rodari è stata scelta per ospitare una famosissima trasmissione di cucina: *Monster Chef*. La Seconda B va subito in fermento, e Patty Padella viene eletta capo del progetto. I risultati, come al solito, saranno devastanti. E i tre severissimi giudici della TV ancora non sanno cosa li aspetta.

SERAFINA SFINGI
E IL SEGRETO DEL FARAONE

Serafina Sfingi sarà piccola, ma è già una grande esploratrice. Alunna del passato della Scuola Rodari, viaggia in lungo e in largo per continenti inesplorati, scala vette altissime, scopre segrete tribù e risolve i grandi misteri dell'archeologia. La sua avventura più clamorosa? La caccia al faraone con lo sturalavandini in testa!